Episoden aus

Bibliografische In[...]on der Deutschen Nationalbib[...] Die Deutsche
Nationalbibliothek[...]ichnet diese
Publikation in der Deutschen National-
bibliografie; detailliert über
http://dnb,de abrufbar.

Satz und Layout: Karl Miziolek
www.wortbilder.at

Herstellung und Verlag
BoD – Books on Demand GmbH. Norderstedt

ISBN 9 783735778475

Karl Miziolek

Episoden
aus Griechenland

Kurzgeschichten

Episoden

Ein ganz besonderer Stuhl

„Endlich in Pension!", dachte Peter und nahm sich vor, sie gleich richtig zu genießen. Seine Arbeitskollegen hatten gesammelt und ihm bei einer kleinen Feier zu seiner Pensionierung ein Flugticket nach Griechenland geschenkt. Peter war ein ausgesprochener Griechenland-Fan. Seit über fünfzehn Jahren hatte er sein Lieblingsland immer wieder mit Wohnmobil, Wohnwagen oder Mietwagen bereist.

Am 5. September flog Peter nach Athen, übernahm dort einen Mietwagen und machte sich auf den Weg nach Chrani, einem kleinen Ort in der Nähe von Petalidi auf der Halbinsel Peloponnes.

Aufgehalten durch den dichten Verkehr in Athen, kam er erst nach Mitternacht in

Chrani an. Die Fahrt hatte fast vier Stunden gedauert. Die Dunkelheit war kein Problem für ihn, er kannte die Strecke wie seine Westentasche, war sie schon oft genug gefahren. Sein Quartier war ein Bungalow, nur ein paar Stufen oberhalb vom Strand in einer einsam gelegenen Bucht. Einige Jahre war es schon sein bevorzugtes Domizil.

Der Vermieter hatte wie immer den Schlüssel stecken lassen. Auf dem Tisch standen eine Schüssel Obst und eine Flasche Ouzo zur Begrüßung. Peter öffnete die Tür zur Terrasse, Ihm bot sich ihm der vertraute Anblick des Meeres im hellen Mondschein. Er setzte sich auf die Terrasse. Tief sog er die würzige Meeresluft ein. Dann begab er sich müde, aber glücklich zu Bett.

Peter war schon immer ein Frühaufsteher gewesen, aber am nächsten Morgen trieb es ihn förmlich aus dem Bett. Die aufgehende Sonne färbte alles in hellem Rot. Er trat hinaus auf die Terrasse und betrachtete das Meer. Glatt und einladend wirkte es, und so beschloss er, eine Runde zu schwimmen, noch bevor es ans Frühstück ging. Er lief die wenigen Stufen zum Strand hinab und musste über seine Eile lächeln.

„Langsam, mein Freund", sagte er zu sich, „du bist in Pension."

Gemächlich schritt er den Strand entlang und suchte nach Muscheln und ungewöhnlichen Steinen, die in der Nacht angeschwemmt worden waren. Er staunte nicht schlecht, lag doch ein ganzer Stuhl am Strand. Der dürfte von irgendeiner

Taverne stammen, dachte er. Er stellte ihn auf und setzte sich. Wie hatte er sich nach so einem Augenblick gesehnt!

Sind wir nicht alle Strandgut, irgendwo angespült von den Wellen des Lebens an die Ufer des Daseins? Manche bleiben unbeachtet liegen, andere werden mitgenommen und wieder andere werden zurückgeworfen ins Meer und weitergetragen an einen anderen Ort, und das Spiel beginnt von neuem.

„Kalimera!", hörte er plötzlich hinter sich. Was für eine Stimme, dachte er. Wie elektrisiert drehte er sich um.

„Kalimera!" – Guten Morgen! – stotterte er mehr, als dass er es sagte. Im Bruchteil einer Sekunde erfasste er sein Gegenüber: Eine zarte Frauengestalt, vielleicht 25, 30 Jahre alt, mit pechschwarzem, schulterlangem Haar und dunklen Augen. Der knappe schwarze Badeanzug betonte ihre elegante Figur. Sie bemerkte, wie er sie anstarrte, lächelte und lief weiter den Strand entlang, um schließlich am Ende der Bucht ins Meer zu steigen und hinter einem Felsen zu verschwinden.

Auch Peter ging zurück zu seinem Bungalow, um sich Frühstück zu machen. Doch immer wieder kehrte das Bild zurück, das er eben gesehen hatte. Wer war diese Frau? Hier stand nur sein Bungalow direkt am Strand. Der Strand war rund 200 Meter lang und an seinen Enden mit Felsen auf natürliche Weise abgeschlossen. Nur über steile Pfade konnte man hinauf zu einigen Häusern, die weiter oberhalb standen. Eines von ihnen sah man direkt vom Strand aus weiß in der Sonne glänzen. Und auf diesen Strand kam nur ganz selten jemand.

Der Tag war ausgefüllt mit Besuchen bei Freunden, die Peter hier im Laufe der Jahre kennengelernt hatte. Die Einladungen, das gute Essen und der vorzügliche Wein machten ihn ganz schön müde. So verging der Tag. Abends setzte er sich auf die Terrasse seines Bungalows und genoss bei einem Glas Rotwein den Ausblick auf das Meer. Die Melodie der Wellen fügte sich zur griechischen Musik, die aus dem Radio kam. „Wie schön ist das Leben!", dachte er, drehte das Licht ab und lauschte vom Bett aus noch den Wellen, die ihm ein Schlaflied spielten.

Am nächsten Morgen ging er gleich in aller Frühe an den Strand. Würde sie wieder an den Strand kommen, die unbekannte Schöne?

Kaum hatte er auf seinem Stuhl Platz genommen und die Augen geschlossen, hörte er wieder diese Stimme: „Kalimera!" Heute schon etwas gefasster, erwiderte er gleich den Gruß: „Kalimera!" Schon wollte er weiter sprechen, doch sie kam ihm zuvor. „Ti kanete?", fragte sie. „Wie geht es Ihnen?" – „Kala! – Gut! Hier kann es einem ja nur gut gehen", antwortete er und lachte. „Und Ihnen?" – „Danke, auch sehr gut!", sagte sie und fragte, „Darf ich mich ein wenig zu Ihnen setzen?", mit ihrer dunklen Stimme, und schon hockte sie neben ihm im Sand.

Für einige Sekunden, die Peter wie Minuten vorkamen, war Stille. Er dachte, wenn das jemand sähe, was würde man denken? Ein alter Mann auf einem wackeligen Stuhl und neben ihm eine junge, hübsche Frau im Sand.

Aber sie riss ihn wieder aus seinen Gedanken: „Sie wohnen dort in dem Bungalow?", fragte sie. „Ja. Und Sie?" „Dort oben." Sie deutete nach oben auf das Haus, das man vom Strand aus sehen konnte.

„Ich heiße Elena, und wie heißen Sie?" „Petros", antwortete er.

Immer wieder trafen sich ihre Blicke. Er konnte es nicht glauben, dass Augen so faszinieren konnten. Sie lächelte. Dann sagte sie: „Ich muss wieder", und mit einem „Sto kalo!" – alles Gute! – ging sie ins Meer und schwamm bis ans Ende der Bucht, um wieder hinter dem Felsen zu verschwinden.

Lange schaute er ihr nach und fragte sich immer wieder: Wer ist diese Frau? Insgeheim dachte Peter, es sei doch ein schönes Ritual, so ein Morgen in netter und überaus hübscher Gesellschaft. Daran könnte man sich gewöhnen. Zu Mittag besuchte Peter seinen Freund Tasos, der eine Taverne in Petalidi besaß. Nachdem Peter gegessen hatte, setzte sich Tasos an seinen Tisch. „Petro, ich gebe heute Abend eine kleine Gesellschaft für Freunde, kommst du auch?" „Sehr gerne", sagte Peter, „vielen Dank für die Einladung."

Tasos' Haus lag etwas außerhalb von Petalidi. Peter machte sich gegen neun auf den Weg, das Auto ließ er zuhause stehen, es war ja nicht weit. „Jetzt werde ich nicht der Erste sein", dachte er, und so war es auch. Als er in die Nähe des

Hauses kam, hörte er schon die Musik und das Lachen einer fröhlichen Gesellschaft. Nach der Begrüßung des Hausherrn bemerkte er einige Gesichter, die er schon kannte, aber auch viele, die ihm fremd waren. Tasos sagte in die Runde: „Das ist Petros, ein Freund aus Österreich."

Was die Griechen so ‚kleine Gesellschaft' nennen, sind doch meistens rund 50 Personen. Tische und Bänke waren im Garten zu einer großen Tafel aufgestellt. Am Grillspieß drehte sich schon ein knuspriges Ferkel, und ein Buffet aus vielen griechischen Köstlichkeiten war aufgebaut. Dazu Musik, so laut es ging.

Nun galt es, sich erst einmal zu stärken für die lange Nacht. Peter nahm sich eine Portion Dolmades, mit Ziegenkäse gefüllte Weinblätter, und köstliche kleine Fleischspieße, Souvlaki genannt. Ein Glas Wein aus Tasos' privatem Weinkeller durfte natürlich nicht fehlen. Schnell war ein freier Platz auf einer der Bänke gefunden. Die Stimmung wurde immer fröhlicher und ausgelassener, die ersten Tänzer begaben sich auf die kreisrunde, betonierte Tanzfläche im hinteren Teil des Gartens. Es wurden die alten griechischen Volkstänze getanzt: Syrtos, Kalamatianos und andere. Die Tanzenden hielten sich an den Händen und tanzten im Kreis. Peter liebte diese Stimmung und sah den Tänzern gerne zu.

Plötzlich zuckte er zusammen, denn eine ihm sehr bekannte Stimme flüsterte ihm ins Ohr: „Komm, lass uns tanzen!" Er drehte den Kopf und sah in zwei dunkle Augen, die in ihn förmlich eindrangen.

„Elena!" Ganz ohne Widerstand ließ er sich von ihr auf die Tanzfläche führen. Sie fügten sich in den Kreis ein und drehten sich mit den anderen. Er spürte ihre Hand, hörte ihr Lachen, und immer wieder sah er ihr in die Augen. Nach einigen Minuten löste sie sich und begab sich zu einigen jungen Frauen, die am Buffet standen.

Auch Peter verließ die Tanzfläche und suchte seinen Freund. „Tasos, wer ist diese Frau dort?", und er deutete auf Elena. Tasos sah hinüber und schüttelte den Kopf: „Keine Ahnung, kenne ich nicht, vermutlich hat sie jemand mitgebracht." Peter überlegte, ob er einfach hingehen und sie ansprechen sollte. Er wurde abgelenkt, als Tasos plötzlich rief: „Petro, komm, lass uns tanzen!" Jetzt waren nur vier Männer auf der Tanzfläche, er als Fünfter im Bunde bemühte sich, genau auf die Schritte der anderen zu achten, um nicht zu sehr aus dem Rhythmus zu fallen.

Jeder Schritt, jede Bewegung der Arme, jeder Sprung hatte seine besondere Bedeutung. Jede Insel und auch jede Region am Festland hatte ihre spezifischen Tänze. Sogar Meisterschaften, die tagelang dauern konnten, gab es. Peter schien seine Sache nicht so schlecht zu machen, denn plötzlich tanzte er alleine, die anderen standen um ihn herum und klatschten in die Hände. Auch andere Gäste kamen herbei und klatschten. Sie riefen immer wieder: „Opa, opa!" – Los, auf geht's! Peter sah auch Elena, die sich ganz vorne hinstellte und ihn anfeuerte. Er wuchs über sich hinaus, tanzte wie in Trance. Die ersten Teller flogen auf die

Tanzfläche, eine ganz besondere Ehre für den Tänzer.

Als Peter erschöpft von der Tanzfläche ging, wurde er von allen bejubelt und gefragt, wieso er so gut tanzen könne und auch so gut die griechische Sprache beherrsche. Peter lächelte, und bevor er noch antworten konnte, weil er noch nach Luft rang, sagte Tasos: „Petros kommt schon viele Jahre nach Griechenland, nicht wahr, mein Freund", und lachte. Peter konnte nur noch zustimmend nicken.

Seine Augen suchten vergebens nach Elena. Sie war nirgends zu sehen. Allmählich, auch durch den Tanz, spürte er, wie ihm der Wein zu Kopf stieg. Sich so einfach zu verabschieden wäre unhöflich gewesen, er suchte nach einer Ausrede, um das Fest verlassen zu können. Er sagte zu Tasos, ihm sei nicht gut nach dem Tanz, was ja auch irgendwie stimmte. Tasos war so guter Laune, dass es ihm nichts ausmachte, er umarmte Peter und war schon wieder bei seinen Gästen.

Peter machte sich auf den Heimweg. Die zwei Kilometer Fußmarsch würden ihm guttun. So konnte er wieder nachdenken. Was war das mit Elena? Er verstand es nicht. Früher als erwartet stand er vor dem Bungalow. Jetzt schlafen gehen konnte er nicht, also ging er zum Strand hinunter.
Die Nacht war so hell, Millionen Sterne wetteiferten mit dem Mond, wer denn heller leuchtete. Es war gespenstisch ruhig, leise schlugen die Wellen ans Ufer, bedächtig ging er in Richtung seines Stuhls.

Er traute seinen Augen nicht. Plötzlich wurde ihm heiß. War das Elena, die dort auf dem Stuhl saß? Ja, sie war es, kein Zweifel. Ganz langsam trat er hinter sie, beugte sich nach vorne und zog den Stuhl zu sich heran, bis er ihr ins Gesicht sehen konnte. Sie sprach kein Wort, schlang ihre Arme um seinen Hals, und ihre Lippen boten sich den seinen dar. „Komm, lass uns fliehen in die schützende Nacht", hauchte sie. „Ja, lass uns naschen vom köstlichen Nektar der Liebe", erwiderte Peter.

Die ersten Sonnenstrahlen kitzelten Peter im Gesicht, er rieb sich die Augen. Was war geschehen?

Er lag halb nackt am Strand. Elena! Jetzt dämmerte ihm wieder alles. Wo war sie? Der Stuhl lag umgestoßen halb im Wasser. Langsam kam ihm zu Bewusstsein, was er hier erlebt hatte. Er musste unbedingt unter die Dusche. Am ganzen Körper nur Sand, auch an seinen Kleidern, die verstreut herumlagen.

Im Bungalow machte er die Kaffeemaschine an und duschte ausgiebig. Den Kaffee trank er auf der Terrasse. Immer wieder ging sein Blick zu dem Stuhl, dann zu dem Pfad, der zu den Häusern hinaufführte. Wo war sie? Immer wieder dieselbe Frage.

Er wollte der Sache auf den Grund gehen, und nach dem Frühstück machte er sich auf den Weg zu den Häusern oberhalb der Bucht. Zwei Frauen kamen ihm entgegen, sie waren auf dem Weg zur Autobusstation.

"Kalimera!", grüßte Peter. „Entschuldigen Sie, wohnt hier eine Elena?" Die Frauen sahen sich an und zuckten mit den Achseln. „Hier wohnt keine Elena." Noch mehr durcheinander, suchte er weiter, fand aber keine Spur von ihr. Das Haus schien verlassen zu sein. Auch Tasos, den er später nochmals fragte, konnte ihm nicht helfen. Elena blieb verschwunden.

Peter musste wieder die Heimreise antreten. Was für ein Erlebnis! Auch zu Hause kamen immer wieder die Gedanken an Elena in ihm hoch. Mit einem sonderbaren Gefühl reiste er im nächsten Jahr wieder nach Chrani. Den gefundenen Stuhl hatte er vor seiner Abreise in den Bungalow gebracht und dort stehen gelassen. Als er jetzt den Bungalow betrat, fand ihn er zu seinem Erstaunen noch immer in der Ecke stehen. Er packte den Stuhl und ging damit zum Strand. Er konnte nicht genug bekommen vom Anblick des Meeres, doch immer wieder ging sein Blick zu dem schmalen Pfad, zu dem Haus dort oben auf dem Hügel. War sie wieder da, würde sie kommen? „Peter, mach dich nicht zum Affen", sagte er zu sich selbst. Den Stuhl ließ er wie im Jahr davor wieder am Strand stehen.

Aber Elena kam nicht, auch die nächsten Tage hielt er umsonst Ausschau.

So verging die Zeit wie immer, Besuche bei Freunden, schwimmen, und die schönsten Plätze in der Gegend besuchen.

Am letzten Tag seines Aufenthaltes dachte er: „Hol den Stuhl wieder herauf, es wäre schade um ihn." Er ging zum Strand hinunter und konnte schon von weitem sehen, dass jemand auf seinem Stuhl saß. Er begann zu zittern. War das nicht Elena? Ja! Sie saß auf dem Stuhl. Neben ihr hockte ein Mann, und im Wasser spielten zwei Kinder. Als er ganz nahe war, sagte sie – ja, es war Elena, ihre Stimme hätte er aus hunderten herausgehört: „Kaliméra, kírie." – Guten Morgen, mein Herr – „Kaliméra sas", erwiderte Peter ganz irritiert. „Ich wollte nur meinen Stuhl holen", sagte er schnell, um etwas zu sagen. Elena fragte: „Wohnen Sie nicht in dem Bungalow dort?", und zeigte auf Peters Domizil. „Ja", sagte Peter. „Ich habe eine Bitte", sagte sie, „mir gefällt dieser Stuhl ganz besonders, dürfen wir ihn vielleicht behalten? Ich möchte ihn auf unsere Terrasse stellen, wenn das Haus fertig renoviert ist." – „Wir wohnen in Athen", sagte der Mann.

„Ich hatte voriges Jahr das Haus dort oben gemietet, und meine Frau verbrachte einige Tage hier. Ihr gefiel es so gut, dass wir es heuer gekauft haben." – „Natürlich", sagte Peter, „obwohl ich besondere Erinnerungen daran habe. Aber ich weiß ihn bei Ihnen in guten Händen." Sie lachten. Peter verabschiedete sich, reichte zuerst dem Mann die Hand, wie immer noch üblich in Griechenland. Elena küsste er die Hand, und ihre Blicke trafen sich. Wieder spürte er das Feuer ihrer Augen. Hastig sagte er: „Viel Freude mit dem Stuhl!"

„Ich werde gut darauf aufpassen, es ist auch für mich ein ganz besonderer Stuhl." sagte Elena. „Alles Gute für Sie."

Zakynthos

Das Festland hatte ich schon viele Jahre bereist und wollte unbedingt auch einmal eine griechische Insel kennenlernen. Bekannte erzählten mir, wie schön es auf Zakynthos sei. Also beschloss ich, für eine Woche dorthin zu fliegen. Beim Studium der Reiseprospekte hatte ich gelesen, dass Zakynthos schon sehr vom Tourismus in Beschlag genommen sei. Vor allem Engländer seien sehr zahlreich vertreten. Doch ich fand ein Hotel, das meinen Vorstellungen entgegenkam: Nicht zu groß – 60 Zimmer – und etwas abseits vom Strand. Besonders wichtig war mir, dass es weit weg war von den Vergnügungsmeilen.

Zwei Tage später landete ich nach einem ruhigen Flug auf Zakynthos.

Im Hotel fand ich mich zunächst in der Reihe von Neuankömmlingen, die an der Rezeption zum Einchecken angestellt waren. Schließlich dauerte es mir zu lange, ich genehmigte mir erst einmal ein Bier an der Hotelbar.

Als die Rezeption leer war, checkte auch ich ein und bekam den Schlüssel zu einem Einzelzimmer im Erdgeschoss. Als die Tür aufging, traute ich meinen Augen nicht. Der Raum hatte etwa 8 Quadratmeter und ein kleines Fenster, aus dem man direkt in das angrenzende Grundstück auf eine Mauer blickte. „Das geht aber gar nicht, hier eine Woche zu wohnen", stellte ich fest.

Sofort ging ich zum Empfang zurück und beschwerte mich in meinem besten Griechisch. „Ich verstehe Sie nicht", sagte die Rezeptionistin auf Englisch. Ich hatte nicht bemerkt, dass das Personal inzwischen gewechselt hatte. Die Dame, die mir das Zimmer gegeben hatte, hatte griechisch gesprochen.

„Ich möchte sofort mit dem Chef reden", sagte ich. Der Chef hörte sich meine Beschwerde an, lud mich auf einen Kaffee ein und gab mir den Schlüssel zu einem Zimmer im 2. Stock. Ich schloss die Tür auf und war angenehm überrascht. Ein bequemes Doppelzimmer mit einem kleinen Balkon, der einen fantastischen Ausblick bot.

Eine kleine Nebenstraße führte vom Hotel über einen Hügel, dahinter blitzte schon das Meer hervor. An diesen Strand kämen die bekannten Unechten Karettschildkröten - Caretta caretta - immer zwischen Mai und September zur Eiablage an Land, las ich im Prospekt.

Es war jetzt erst Ende April, aber vielleicht konnte ich dieses Naturereignis doch schon miterleben. Für heute war nur mehr der Besuch einer Taverne vorgesehen. Gebucht hatte ich die Nächtigung mit Frühstück. Mittag- und Abendessen nahm ich meistens auswärts ein, um Land und Leute besser kennenzulernen.

Vis-à-vis vom Hotel befand sich eine kleine Taverne. Als ich sie betrat, wurde ich sofort von einem Kellner auf Englisch mit „Hello" begrüßt.

Ich nahm etwas irritiert an einem Tisch Platz und studierte die Speisekarte. Ich konnte es nicht glauben – sie war nur auf Englisch und Deutsch geschrieben. Wenn ich nach Griechenland kam, sprach ich grundsätzlich nur griechisch. Ich ahnte schon, was jetztm gleich passieren würde.

Ich sagte zum Kellner: „Mia merida Saganaki, parakolo, kai mia bira". Der Kellner schaute mich groß an. Er nahm die Karte, und ich sollte ihm zeigen, was ich meinte.

Ich zeigte in der Karte auf gebackenen Ziegenkäse mit Oliven, das Wort "bira" für Bier dürfte er verstanden haben. Als er das Essen brachte, fragte ich ihn, ob ich den Besitzer sprechen könnte.

Nach einer Weile kam eine Frau. Sie fragte auf Englisch, ob etwas nicht in Ordnung sei. Ich fragte sie, ob sie Griechin sei: „Iste Ellenida?" Sie antwortete: „Sorry, I don't understand." „Wieso sprechen

Sie nicht griechisch?", fragte ich. „Ich bin Engländerin und habe diese Taverne nur über den Sommer gepachtet", sagte sie. Jetzt war mir alles klar. „Na, hier komme ich bestimmt nicht mehr her", dachte ich. Wenn ich schon in Griechenland war, wollte ich wenigstens in einer griechischen Taverne essen. Es schien wirklich so zu sein, dass die Insel fest in englischer Hand war. Aber ich musste gestehen, der gebackene Käse schmeckte vorzüglich.

Am nächsten Morgen war ich schon früh auf den Beinen. Das Frühstücksbuffet war ab 7.30 Uhr geöffnet. Im Zimmer hatte ich gelesen, dass das Frühstück in einem Pavillon neben dem Pool eingenommen werden konnte. „Ich werde vorher noch ein wenig die Gegend erkunden", sagte ich zu mir und ging zum

Strand. Kein Mensch weit und breit, das Meer war spiegelglatt, ganz leise züngelten die Wellen an den feinen Sandstrand. Nachdem ich einige Minuten herumspaziert war, machte sich Hunger bemerkbar. Ich ging zum Hotel zurück. Nach dem Frühstück mietete ich an der Rezeption ein Auto für die ganze Woche, um die Insel ein wenig zu erkunden.

Zakynthos war ja nicht sehr groß, also schien es kein Problem zu sein, in einer Woche einen Überblick zu bekommen. Zum Mietwagen bekam ich auch eine Karte mit den Sehenswürdigkeiten und eine Straßenkarte. Ich nahm mir vor, jeden Tag ein Stück davon kennenzulernen.

Zunächst fuhr ich in das Landesinnere und besuchte kleine Dörfer in den Bergen abseits der Touristenpfade. Ich entdeckte auch herrliche Buchten und Strände, welche aber oft nur zu Fuß auf schmalen Pfaden erreichbar waren. Der Sonnenuntergang bei Kampi, einem Dorf auf einem kleinen Bergrücken, war ein besonderes Erlebnis. Schmale Wege führten zur Steilküste, wo sich einige Tavernen befanden. Allerdings, hier war der Massentourismus angekommen. Die Leute stellten schon am Nachmittag ihre Liegestühle vor die Tavernen und entlang der Wege auf, um den besten Blick zu haben, wenn am Abend die Sonne im Meer versank. Bei all meinen Fahrten fiel mir der Unterschied zu den Dörfern auf dem Festland sofort auf. Zakynthos war 1953 von einem schweren Erdbeben heimgesucht worden. Dieses Erdbeben und ein darauf folgendes Feuer hatten fast 95 Prozent aller Gebäude vernichtet. Die Häuser und Straßen waren wiederhergestellt, aber eben etwas moderner. So lernte ich nach und nach die Schönheiten der Insel kennen. Bevor ich den Wagen zurückgeben musste, denn mein Urlaub ging zu Ende, überprüfte ich noch einmal auf der Karte, was ich noch nicht gesehen hatte. Die „Wrackbucht" – auch „Schmugglerbucht" genannt – war noch nicht abgehakt. Es war angeblich ein Schmugglerschiff, das auf der Flucht vor der Küstenwache aufgrund eines Maschinenschadens hier gestrandet war. Die Bucht mit dem verrosteten Schiffswrack auf dem blütenweißen Sandstrand zählte zu den am häufigsten fotografierten Sehenswürdigkeiten der Insel. Also machte ich mich dorthin auf. Eine kurvenreiche Straße führte mich immer höher und höher in die Berge. Eine Taverne am Straßenrand bot sich an, eine Pause einzulegen, um etwas zu trinken. Ein Blick auf die Karte zeigte mir, dass es von hier nicht mehr weit war zu einer kleinen Bucht, von der Boote zur berühmten Wrackbucht fuhren, die nur vom Meer aus erreichbar war. Es waren noch ungefähr 20 Kilometer auf einer schmalen Straße. Dort angekommen, sah ich ein Boot im Hafen liegen und eine Hütte am Strand, wo man Getränke kaufen konnte. Auf dem Boot arbeitete ein Mann, vermutlich der Kapitän. Ich rief hinüber, ob er mich zur Bucht bringen könne.

„Ja, wenn genügend Leute beisammen sind", rief er. Ich bestellte mir einen Kaffee und wartete. Nach ungefähr einer halben Stunde waren noch immer keine Leute gekommen. Ein Blick auf die Karte verriet mir, dass in einer anderen Bucht ebenfalls Fahrten angeboten wurden. „Bevor ich hier herumsitze und warte, kann ich es ja dort versuchen", dachte ich.

Also machte ich mich auf den Weg dorthin, wieder ca. 20 Kilometer den Berg hoch und dann wieder hinunter zur nächsten Bucht. Hier bot sich ein ähnliches Bild, zwei Boote lagen vor Anker und eine kleine Taverne stand am Strand, die aber geschlossen war. Ein Mann arbeitete in der Nähe. „Gibt es hier Fahrten zu dem Wrack?", fragte ich. „Ja, wenn genügend Leute beisammen sind." Die Antwort kannte ich schon. Wieder verging gut eine halbe Stunde, und niemand kam. Jetzt wurde es mir zu dumm. Ich fuhr wieder zur ersten Bucht in der Hoffnung, dass sich dort schon einige Leute versammelt hätten. Alles war noch so, wie ich es verlassen hatte. Jetzt war ich so weit herumgefahren und sollte unverrichteter Dinge wieder umkehren?

Ich beschloss, mit dem Kapitän zu reden. „Wie viele Personen müssen es denn sein, bis Sie fahren?", fragte ich. „Mindestens   zehn", sagte der Kapitän. „Mensch, da sitze ich ja morgen noch da", dachte ich. Auf einer Tafel las ich, der Fahrpreis betrage pro Person 1000 Drachmen – ungefähr 25 Schilling. Jetzt versuchte ich zu handeln.

„Ich biete Ihnen 5000 Drachmen, fahren wir dann?", fragte ich.

Doch der Kapitän war nicht begeistert und lehnte ab. Ich kaufte mir ein Bier und gab die Hoffnung auf, heute noch zu dem Wrack zu kommen. Nachdem ich ausgetrunken hatte, wollte ich zum Auto gehen, als der Kapitän herüberrief.

„Pame!" – Los, gehen wir! Ich lief zum Boot, der Kapitän startete, und los ging's. Es war fantastisch, das ganze Boot nur für mich zu haben. Als wir den schützenden Hafen verließen und auf das offene Meer kamen, war ein ordentlicher Wellengang spürbar. Das kleine Boot tanzte wie eine Nussschale auf den Wellen.

Die Fahrt zur Schmugglerbucht dauerte rund eine halbe Stunde. Dort befand sich inzwischen eine große Zahl von Booten mit Besuchern, die von den diversen Hotels kamen, die Fahrten zur Bucht anboten.

Der Kapitän fragte mich, ob ich an Land gehen wolle. Als ich die Massenansammlung dort sah, verneinte ich, fotografierte das Wrack noch schnell, und der Kapitän steuerte das Boot wieder aufs offene Meer hinaus. Bei der Hinfahrt hatte ich einige Höhleneingänge am Steilufer gesehen. „Wäre toll, da hineinzufahren", dachte ich. Als ob der Kapitän meine Gedanken erraten hätte, steuerte er das Boot in eine solche Höhle. Ein unglaublicher Anblick bot sich hier. Die Höhle war so groß, dass das Boot darin spielend wenden konnte. Noch zwei von diesen Höhlen besuchten wir. Als wir wieder im Hafen waren, bezahlte ich die vereinbarten 5000 Drachmen und wollte mich verabschieden, als der Kapitän fragte: „Trinken wir noch ein Bier?" „Gerne", sagte ich. Wir plauderten, er fragte, woher ich käme, wo ich wohnte und wieviel ich schon gesehen hätte von der Insel.

„Die meisten Sehenswürdigkeiten habe ich jetzt gesehen. Morgen werde ich noch die Innenstadt und den Hafen von Zakynthos besuchen", erzählte ich. Der Kapitän fragte, inzwischen hatten wir uns vorgestellt: „Kennst du auch schon die echte Musik von Zakynthos, Karolos?" „Nein, Kostas", erwiderte ich.

Ich hatte im Reiseführer einiges darüber gelesen. Die Musik auf Zakynthos war sehr von der italienischen Musik beeinflusst. Das hing mit der Geschichte von Zakynthos zusammen. Hier war die erste Musikschule Griechenlands entstanden, berühmte Dichter und Komponisten stammten von hier. Kostas lud mich ein, am Abend in die Stadt zu kommen, und gab mir die Adresse einer Schule. Hier trafen sich regelmäßig einige Sänger und

Musiker, zu denen auch Kostas gehörte, zur Probe.

Am Nachmittag fuhr ich in die Stadt, um mich vorher ein wenig umzusehen. Ich suchte das Denkmal vom Dichter Dionysios Solomos (1798 – 1857), Zakynthos' berühmtestem Sohn. Dieser war auch maßgeblich an der Entstehung der neugriechischen Sprache beteiligt gewesen. Sein Gedicht „Hymne an die Freiheit" wurde zum Text der griechischen Nationalhymne. Besonders diese Zeilen zeigten mir die wunderbare Sprache des Dichters:

Ja, ich kenn' dich an der Klinge

deines Schwerts, so scharf und blank,

wie auf diesem Erdenringe

schreitet dein gewalt'ger Gang.

Die du aus der Griechen Knochen

wutentbrannt entsprossen bist,

die das Sklavenjoch zerbrochen,

holde Freiheit, sei gegrüßt!

(nicht exakt wörtlich übersetzt)

Etwas müde geworden, setzte ich mich in ein Kafenion. Jetzt hatte ich auch eine Insel kennen gelernt, und meine Liebe zu diesem Land wurde noch stärker. Wenn ich zuhause sein würde, würde die Sehnsucht wieder da sein, nach Griechenland zu reisen. Der Gedanke an Solomos war es vermutlich, der mich dazu anregte, Papier und Stift zu nehmen und eine Liebeserklärung an Griechenland zu schreiben.

Sehnsucht

Ich sehne mich nach dir

nach dir, mein geliebtes Griechenland,

nach den Wellen des Meeres

und ihrem Wiegenlied.

Ich sehne mich nach deinen Inseln,

den Inseln wie Perlen auf blauem Samt.

Ich sehne mich nach dir,

nach dir, wo ich die Freiheit spüre,

nach den Menschen und ihren Liedern,

den Liedern, die mich beglücken.

Ich sehne mich nach den Bergen,

den Bergen, wo einst die Götter wohnten.

Ich sehne mich nach dir,

nach dir, meine Geliebte,

nach den leuchtenden Augen,

den Augen, die mich verbrennen.

Ich sehne mich nach deinen Lippen,

den Lippen, die mich küssen.

Ich sehne mich nach dir,

nach dir und dem Wein, der selig macht,

nach dem Duft des Hafens,

des Hafens, wo weiße Boote schaukeln.

Ich sehne mich nach dir,

nach dir, mein geliebtes Griechenland.

Die Zeit, die mir Kostas angegeben hatte, war schon überschritten, als ich die Schule fand. Ein Männerchor mit Mandolinen und Gitarren als Begleitung, darunter Kostas als Sänger, begann gerade mit der Probe.

Ich kannte von meinen vielen Reisen schon Musik aus verschiedensten Gegenden in Griechenland. Aber hier hörte ich etwas Neues, Fremdes und Faszinierendes.

Die Musik, dazu die griechischen Texte, ich war hingerissen. So etwas hatte ich noch nie gehört. Nach etwa einer Stunde war die Probe zu Ende, offenbar zur Zufriedenheit des Chorleiters.

Mir war schon bekannt, dass der Liedgesang hier eine große Rolle spielte.

Die Sprechgesänge der berühmten Zakynthischen Serenaden wurden sehr gepflegt. Diese Kantaten waren eine besondere Liedform, die sich wesentlich von den Volksliedern des Festlandes oder der Ägäischen Inseln unterschieden, wie mir der Chorleiter nochmals darlegte. Sie wurden vielstimmig als Männerchor gesungen. Nach der Probe, wurde mir gesagt, gab es immer ein gemütliches Beisammensein in einer nahegelegenen Taverne, dazu wurde ich herzlich eingeladen.

Es wurde spät, und ich hatte noch einen weiten Weg bis zu meinem Hotel. Ich bedankte mich für die Gastfreundschaft und die Einladung zur Musikprobe. „Morgen ist leider mein letzter Tag hier", sagte ich. Alle wünschten mir eine gute

Heimreise, und ich solle bestimmt wiederkommen.

Kostas hatte mir noch seine Telefonnummer gegeben mit den Worten: „Melde dich, wenn du wieder einmal auf Zakynthos bist!" – „Ja, das mache ich bestimmt, Kostas", und ich bedankte mich herzlich.

In Gedanken versunken und die Melodien noch im Ohr, ging ich zu meinem Auto zurück, welches ich einige Straßen weiter abgestellt hatte. Aber der Platz, den ich in Erinnerung hatte, war leer. Ich hatte es doch genau hier vor dem Supermarkt abgestellt gehabt. Mir wurde heiß und kalt. Wo war das Auto? Ich lief die Straße hinauf und hinunter, suchte auch in den Nebengassen, aber von meinem Auto keine Spur. „Ich bin doch nicht blöd", sagte ich zu mir. Wo ich auch suchte, das Auto blieb verschwunden. Ich ging zurück in das Lokal, wo die anderen alle noch beisammen saßen. „Vielleicht kann mir Kostas helfen", dachte ich.

„Kostas, mein Auto ist weg", sagte ich. „Wie, weg?", fragte er. Ich erklärte, wo ich es abgestellt hatte, und dass es dort nicht mehr stand. Jetzt wurde mir erst so richtig bewusst, was hier geschehen war. Mein Mietauto war weg, die Wagenpapiere im Auto, somit hatte ich nichts in der Hand.

Kostas bot sich an, mich ins Hotel zu fahren. Aber er schlug vor, zuerst zur Polizei zu gehen. „Damit du eine Meldung machen kannst. Sicher ist sicher." Auf der Polizeistation wurden meine Daten aufgenommen. Zum Glück hatte ich meinen Reisepass und den Führerschein bei mir. Ich musste angeben, wo ich das Auto abgestellt hatte.

„Komm, jetzt beruhige dich! Wir gehen noch etwas trinken, dann fahre ich dich ins Hotel", meinte Kostas. Die Musiker waren noch alle anwesend. Natürlich war mein Malheur das Gesprächsthema. Richtige Freude hatte ich nicht, aber die anderen rissen mich schließlich mit ihren Erzählungen von komischen eigenen Missgeschicken aus meinen trüben Gedanken, wir lachten und scherzten.

Ich wartete schon lange darauf, dass Kostas endlich aufbrach, doch der machte dazu keine Anstalten. Ihn aufzufordern wäre auch nicht sehr höflich gewesen. Also blieb ich, wenn auch ungern.

Nach ungefähr zwei Stunden, es war inzwischen weit nach Mitternacht, kam ein Polizist und fragte nach mir. „Wir haben Ihr Auto gefunden", verkündete er. „Wo?", fragte ich sofort, und auch die anderen waren gespannt. „Wo Sie es abgestellt hatten, in der Stefanou-Straße vor einem Supermarkt", antwortete der Polizist.

„Das gibt es doch nicht!", sagte ich erstaunt. Der Polizist bat mich, mitzukommen, um mich an Ort und Stelle davon zu überzeugen. Wir gingen sofort los; auch Kostas kam mit, sollte es Sprachprobleme geben. Das Auto stand tatsächlich genau dort vor dem kleinen Supermarkt, wo ich es geparkt hatte.

Der Polizist bat mich, es aufzusperren, damit er die Papiere überprüfen konnte.

„Alles in Ordnung", meinte er dann. Ich musste ein Protokoll unterschreiben, und der Polizist wünschte mir noch eine gute Fahrt.

„Kostas, das verstehe ich nicht", sagte ich. „Ich verstehe es nicht!" Irgendetwas irritierte mich. Aus irgendeinem Grund hatte ich das Gefühl, das Auto könne noch nicht lange da stehen. Kostas legte seine Hand auf die Motorhaube. „Die ist ja noch ganz warm", staunte er. Plötzlich hielt ein Streifenwagen neben uns, und der Polizist, der eben hier gewesen war, stieg aus. Er erzählte uns, sie hätten gerade zwei junge Männer erwischt, welche ein Auto stehlen wollten. Diese hätten gestanden, in dieser Nacht schon drei Autos für kurze Spritztouren entwendet zu haben – vornehmlich Mietautos, darunter auch meines.

Mir wurde die Sache unheimlich. Aber ich hatte das Auto wieder und fuhr, nachdem ich mich endgültig von Kostas verabschiedet hatte, sehr nachdenklich in mein Hotel. Am nächsten Morgen wollte ich bei der Rezeption meine Erlebnisse schildern. „Wir haben schon gehört von Ihren Unannehmlichkeiten", sagte die griechische Dame am Empfang. Und bedauerte den Zwischenfall sehr.

Ich gab das Mietauto zurück, samt dem Polizeiprotokoll.

Ein schöner, interessanter, aber am Ende auch spannender Urlaub ging damit zu Ende.

Versprochen ist versprochen

Als Belohnung für sein gutes Jahreszeugnis lud ich meinen Enkel Philipp – er wurde gerade 12 Jahre alt –, für eine Woche auf die Insel Rhodos ein. Da ein Freund von mir in Faliraki Apartments und einen Supermarkt besaß, war kein Problem zu erwarten, zu einem späten Termin Ende August dort ein Zimmer zu bekommen. Philipp genoss seinen ersten Flug, und beim Taxistandplatz vor dem Flughafen auf Rhodos erfuhr er auch erstmals, was südländisches Temperament bedeutete. Fünf Taxis warteten auf Fahrgäste. Die Fahrer der ersten beiden Wagen standen wild gestikulierend und schreiend vor ihren Autos.

„Opa, warum streiten die beiden Männer so?", fragte er mich. Ich erklärte ihm, was ich mit meinen Griechischkenntnissen mitbekommen hatte, dass es darum ging, wer den nächsten Fahrgast aufnehmen dürfe. „Komm, Philipp, wir gehen zum letzten Taxi", sagte ich amüsiert. Der Fahrer saß im Wagen und las in Ruhe seine Zeitung. Als er uns kommen sah, stieg er aus und lud unser Gepäck in den Kofferraum.

„Wohin?", fragte er. „Flame Lily, Faliraki", antwortete ich. Als wir losfuhren, stritten die beiden Taxifahrer noch immer, doch als wir in ihrer Nähe kurz anhalten mussten, gingen sie gemeinsam auf unseren Fahrer los. Der lachte nur und fuhr mit uns davon. Mein Freund erwartete uns bereits und winkte schon von weitem. Nach einer herzlichen Begrüßung und einem Ouzo für mich und einer Limo für Philipp bezogen wir unser

Apartment.Am nächsten Morgen, während ich das Frühstück bereitete, studierte Philipp die Karte von Rhodos, welche ich von früheren Aufenthalten auf der Insel noch hatte und auf der die schönsten Strände und Orte markiert waren. „Opa, fahren wir zur Gennadi-Bucht?", fragte er. „Klar, wenn du möchtest", sagte ich.

Mein Freund hatte inzwischen den Supermarkt aufgesperrt — während der Hauptsaison hatte er auch am Sonntag geöffnet und wollte wissen, wo wir hinfahren würden. „Nach Gennadi. Ich muss aber noch ein Auto mieten", sagte ich. „Du brauchst doch keinen Mietwagen, nimm mein Auto", bot er mir an. „Ich bin ohnehin den ganzen Tag im Supermarkt beschäftigt."

Es waren ungefähr 50 km bis zur Genna-di-Bucht. Philipp wusste schon aus meinen Erzählungen, wie schön der Strand und die Tavernen dort waren. Eine bestimmte Taverne besuchte ich immer, wenn ich auf Rhodos war. Mit dem Besitzer verstand ich mich sehr gut. Es gab dort die besten und größten Calamares. Die Taverne befand sich direkt am Strand. Als wir in Gennadi ankamen, war noch alles ruhig. Kein Mensch war am Strand zu sehen, die Taverne war noch geschlossen. Philipp konnte es kaum erwarten, ins Wasser zu springen. „Opa, wo kann ich mich umziehen?", fragte er mich. „Geh auf das WC", erwiderte ich. Die Toilette der Taverne war von außen frei zugänglich. Doch schon nach wenigen Sekunden war er wieder draußen. „Das sieht ja fürchterlich aus, da ziehe ich mich nicht um ", sagte er. Ich warf einen Blick in das WC und prallte zurück. Nun war uns beiden die Lust aufs Schwimmen vergangen.

Ich war entsetzt und verstand es nicht, hier war immer alles so sauber und ordentlich gewesen. Wir beschlossen, woandershin zu fahren. Als ich das Auto startete, sprang der Motor nicht an. Ich öffnete die Motorhaube, um nachzusehen, wo der Fehler liegen könnte. In diesem Moment fuhr ein Auto vor, und der Besitzer der Taverne stieg aus. Die Wiedersehensfreude war groß, wir begrüßten uns herzlich.

Als ich ihn darauf ansprach, dass sich hier offenbar einiges zum Schlechteren entwickelt habe, erzählte er mir, er habe die Taverne verkauft. Über den neuen Besitzer habe es schon öfter Beschwerden gegeben.

„Was ist los mit deinem Auto?", fragte er. „Keine Ahnung", erwiderte ich. „Ich fahre ins Dorf und hole einen Mechaniker", meinte er. Es war zwar Sonntag, aber in Griechenland nahm man es nicht so genau, wenn ein Geschäft winkte. Nach kurzer Zeit kam er mit dem Mechaniker zurück, und nach eingehender Prüfung meinte dieser: „Die Batterie ist leer und die Lichtmaschine arbeitet nicht richtig." „Das auch noch", dachte ich. Mit Hilfe der Batterie meines Bekannten brachten wir das Auto wieder in Gang. Auf meine Frage, was ich schuldig sei, bekam ich zur Antwort: „Nichts. Kommt einfach gut wieder nach Hause." Das gelang uns auch, nach einer herzlichen Verabschiedung. Ich vermied es tunlichst, den Motor abzustellen. Mein Freund bedauerte das Malheur und entschuldigte sich, aber er hatte vorher nie Probleme gehabt.

In Rhodos Stadt waren die Werkstätten am Sonntag natürlich geschlossen. Montag in aller Frühe kam ein Bekannter meines Freundes. Mit seiner Hilfe starteten wir das Auto wieder und fuhren in die Stadt zu einer Fachwerkstätte. Philipp wollte unbedingt mitkommen, was ich gut verstand – wir Männer und unsere Autos. Der Mechaniker bestätigte die Diagnose des Kollegen aus Gennadi. Die Lichtmaschine musste ausgebaut werden. Damit gab es ein zusätzliches Problem, denn bei diesem Modell von Chevrolet war die Lichtmaschine nicht so leicht auszubauen. Die Halbachsen waren im Wege und noch einige andere Teile. Nachdem wir fast vier Stunden in der kleinen Werkstatt am Hafen von Rhodos zugebracht hatten, wurde Philipp die Sache langweilig, was auch begreiflich war. Ich beschloss daher, mit dem Taxi nach Hause zu fahren. Das Auto würde ohnehin heute nicht mehr fertig werden.

Am nächsten Tag überlegte ich, was ich jetzt mit Philipp machen sollte. Ich wollte ihn nicht noch einmal in die Werkstätte mitnehmen. Mein Freund meinte zwar, er könne mir ein Mietauto besorgen, aber ich wollte das nicht. Da sein Auto von mir gefahren wurde, fühlte ich mich auch verpflichtet, für die Reparatur zu sorgen. Mir kam die Idee, Philipp in einem Hotel mit Pool unterzubringen, das ich kannte. In diesem familiären Hotel, das nicht weit von unserem Quartier entfernt war, hatte ich schon einige Urlaube verbracht – die Besitzer waren inzwischen gute Bekannte von mir geworden. Wir wurden daher freudig begrüßt, als ich dort mit Philipp auftauchte. Meiner Idee, den Jungen hierzulassen, falls sie damit einverstanden wären, stimmten sie sofort begeistert zu. Ich bat darum, alles aufzuschreiben, was er im Laufe des Tages konsumieren würde. Mir war bewusst, dass sie am Abend nicht zulassen würden, dass ich die Rechnung auch bezahlte. Ich kannte die sprichwörtliche Gastfreundschaft der Griechen. Jetzt konnte ich mit ruhigem Gewissen in die Stadt fahren. Als ich in die Werkstatt kam, sah das Auto noch genauso aus wie am Tag vorher. Ich könne ruhig noch in die Stadt gehen, es würde länger dauern, meinte der Chef. Also machte ich mich in die Altstadt auf und schlenderte einige Stunden durch Rhodos.

Gegen Mittag machte ich mich auf den Weg zurück zur Werkstatt.

Der Chef war zutiefst zerknirscht und entschuldigte sich tausendmal. Aber der Keilriemen sei auch kaputt, und die Ersatzteillieferung käme erst morgen mit dem Schiff aus Athen. Für dieses Modell habe er keinen mehr. Na, super, dachte ich. Fast einen halben Tag hatte ich in der Stadt auf das Auto gewartet und musste nun unverrichteter Dinge wieder mit dem Taxi heimfahren.

Jetzt machte ich aber nicht nochmals diesen Fehler. Ich sagte zum Chef, wenn das Auto fertig sei, solle er meinen Freund anrufen, wir würden das Auto dann abholen.

Als ich in das Hotel kam, um Philipp mitzunehmen, traute ich meinen Augen nicht. Der Junge stand mit dem Juniorchef hinter der Poolbar, schenkte aus und scherzte mit den Gästen.

Es waren gerade einige Österreicher anwesend, mit denen er sich prima unterhielt. Es waren durchwegs junge Leute. Ein aufgeweckter Bursche war er ja, und nicht auf den Mund gefallen. Das gefiel den Gästen, und sie gaben ihm reichlich Trinkgeld. Müde vom Herummarschieren in der Stadt setzte ich mich an die Bar und trank genüsslich ein Bier.

Manolis, der Juniorchef, erzählte mir, dass Philipp brav gewesen sei und fleißig mitgeholfen habe. Außerdem sagte er leise zu mir: „Philipp hat sich ein Mädchen angelacht." Jetzt erst bemerkte ich, dass er immer zu einem Mädchen hinsah und sie auch zu ihm.

Es war ein Mädchen aus Athen, Maria, die mit ihrer älteren Schwester hier Urlaub machte.

„Hat keinen schlechten Geschmack, der Junge", dachte ich mir. Auch ihre ältere Schwester Christina war eine sehr gut aussehende junge Frau. Mit Philipp hatten sie sich natürlich schon angefreundet. Wir aßen noch mit den beiden im Hotel zu Abend und gingen dann zu unserem Quartier. Ich bot Philipp am nächsten Tag an, ein Mietauto zu nehmen und mit ihm zu einem anderen Strand zu fahren, damit er mehr von der Insel sehen und endlich im Meer baden könne.

„Opa, lieber würde ich wieder in das Hotel gehen, da war es so lustig, und der Pool ist super!"

„Aha, daher weht der Wind", dachte ich amüsiert. Mir kam der Wunsch nicht ganz ungelegen, taten mir doch die Beine vom gestrigen Tag noch weh. Ich sagte meinem Freund Mano, wenn der Mechaniker anriefe, solle er mich verständigen, ich würde dann das Auto abholen.

Philipp konnte es kaum erwarten, in das Hotel zu kommen. Ich machte es mir auf einer Liege bequem, und Philipp sprang sofort in den Pool, in dem sich schon die beiden Mädchen tummelten.

Es war herrlich zu beobachten, wie schüchtern und verlegen die beiden Kinder sich näherkamen. Sie verständigten sich auf Englisch und mit den Händen, was mitunter zu lustigen Missverständnissen führte.

Ich genoss den Tag, pendelte zwischen Liege und Poolbar. Wie oft ich jetzt schon auf Rhodos gewesen war, sinnierte ich.

„Es müssen gut zwanzig Mal sein", rechnete ich nach und beschloss, ein Gedicht über diese schöne Insel zu schreiben. Die Rückseite der Getränkekarte musste Schreibpapier herhalten. Bis zum Abend war das Gedicht fertig:

Rhodos

Vom Aufwind wild

mein Haar zerzaust,

blick ich hinab vom steilen Felsen,

die schäumend wilde Gischt

des Meeres sehend,

wo weiße Möwen schwimmen

Aus den Tiefen der See

wurdest du geboren,

du Eiland meiner Sehnsucht,

du Heimat der Telchinen

Rhodos, Tochter der Liebe

Poseidons und Halias,

du, Rhodos, Geliebte

des Gottes Helios,

Mutter der Heliaden,

du gabst deinen Namen

dieser schimmernden Perle

der blauen Ägäis

Du viel umkämpftes

viel geschundenes

Fleckchen Erde

Kein Krieg, kein Kampf

konnte dich bezwingen

Nach Hellas kamst du heim

Bin wie berauscht vom

Duft deiner Blumen

vom satten Grün der Wälder

Vom Aufwind wild

mein Haar zerzaust,

blick ich hinab vom steilen Felsen

Wir wollten schon nach Hause gehen, als mir Manolis sagte, mein Freund habe angerufen, das Auto sei fertig.

Sollte ich jetzt zuerst Philipp heimbringen oder ihn mitnehmen in die Stadt? Christina nahm mir die Entscheidung ab. „Wir gehen später in den Lunapark hier in Faliraki, darf Philipp mitkommen?", fragte sie.

„Ja, gerne, ich komme dann nach, wenn ich mit dem Auto aus der Stadt zurück bin", sagte ich.

Im Lunapark war am Abend einiges los. Ich kam gerade zurecht, um zu sehen, wie Philipp auf dem Bullen ritt. Es war nicht leicht, sich auf dem immer schneller werdenden und ständig die Richtung ändernden Bullen festzuhalten. Die umstehenden Besucher feuerten ihn an und waren erstaunt, wie lange sich der Bub oben hielt. Jetzt kam ihm zugute, dass er zuhause schon einige Jahre zum Westernreiten ging.

Ich sah ihm an, wie sehr er es genoss, im Mittelpunkt zu stehen, und auch die kleine Griechin himmelte ihn an. Als es dann allerdings zum Kettenkarussell ging, war er schon nicht mehr so begeistert. Jetzt war die Kleine dran, zu zeigen, wie mutig sie war. Dann gab es da noch eine Attraktion: Man saß zu zweit auf einer Bank, wurde ca. 10 Meter langsam hochgezogen, und dann ging es im freien Fall nach unten, nichts für einen schwachen Magen. Auch hier machte Philipp nicht die beste Figur, und ich bemerkte, wie er immer einsilbiger wurde. „Opa, ich bin müde, lass uns nach Hause gehen", sagte er schließlich.

Natürlich wollte ich ihn nicht länger leiden lassen und erlöste ihn aus seiner Verlegenheit. Welcher Mann, auch wenn er erst 12 war, gab schon gerne vor Frauen seine Schwächen zu?

Am nächsten Tag lud ich die beiden Damen zum Mittagessen ein. Jetzt hatte ich ja wieder das Auto. In der Nähe befand sich eine wunderbare kleine Bucht mit einem fantastischen Fischrestaurant, auf dessen Terrasse wir es uns gemütlich machten, die Anthony Quinn-Bucht – angeblich war Anthony Quinn einmal dort gewesen. Das Essen war köstlich, und wir verbrachten ein paar schöne Stunden dort. Die Kinder rannten immer zwischen Meer und Taverne hin und her, aber immer öfter kamen Maria oder Philipp allein zurück. Es war offensichtlich, dass die Harmonie zwischen den beiden leicht gestört war. Für die beiden Mädchen war es der letzte Urlaubstag, auch wir hatten nur mehr zwei Tage. Wir tauschten noch unsere Telefonnummern und Adressen aus. Ich hatte Christina versprochen, ihr einige Fotos zu schicken, die ich im Lunapark und von dem Hotelpool gemacht hatte. An den verbleibenden zwei Tagen zeigte ich Philipp die schönsten Plätze der Insel.

Wieder zuhause, telefonierte ich mit Christina und sagte ihr, dass die Fotos unterwegs seien. Wir plauderten noch über den schönen Urlaub, und sie sagte mir, dass Maria Philipp einen Brief schreiben werde. Aber dann verloren wir uns aus den Augen und hörten nichts mehr voneinander. Einige Jahre später erzählte mir Philipp freudig, Maria, die kleine Griechin von damals, habe ihn zufällig auf Facebook gefunden. Sie hätten jetzt über WhatsApp regen Kontakt, und er werde sogar demnächst nach Athen fliegen. Die sozialen Netzwerke müssen uns nicht immer vom sozialen Leben abschneiden, es kann auch das Gegenteil eintreten. Wichtig ist, wie man die Möglichkeiten nutzt.

Nichts wie weg

Ich hatte mit Herbert gestritten. Wieder ging es nur um Kleinigkeiten. Es wurde mir zu viel. Ich beschloss, für ein paar Tage zu verreisen, um Abstand zu gewinnen.

Herbert würde es nicht einmal besonders auffallen, denn in Spanien fand gerade die Fußballweltmeisterschaft 1982 statt. Da saß er ohnehin stundenlang vor der Flimmerkiste.

Ich überlegte, nach Griechenland zu fliegen. Herbert und ich hatten unsere Flitterwochen auf der Insel Kreta verbracht. Schon lange hatten wir dort wieder einmal Urlaub machen wollen.

Ich suchte ein nahe gelegenes Reisebüro auf, um mich beraten zu lassen. Es wurde mir die Insel Rhodos empfohlen. Eine Woche Rhodos, ein Restplatzangebot. Ich griff zu, ohne lang zu überlegen.

Der Flug ging schon am nächsten Tag um 9 Uhr. Kein Problem, viel brauchte ich nicht zu packen für eine Woche.

Ich rechnete damit, dass es Herbert egal sein würde, aber dass er es so leicht nahm, erstaunte mich dann doch. Gleich nach dem Frühstück, welches stumm verlief wie immer in letzter Zeit, teilte ich Herbert meinen Entschluss mit.

„Wünsche dir schöne Tage", sagte er nur.

„Die werde ich haben", erwiderte ich trotzig.

Der Flug, der knapp zwei Stunden dauerte, brachte mich langsam wieder innerlich zur Ruhe. Auf Rhodos setzte mich der Bus des Veranstalters bei einem kleinen Hotel ab, das fast direkt am Strand lag. Der Besitzer empfing mich persönlich – freundlich und zuvorkommend. Ich bekam ein Doppelzimmer mit Meerblick.

„Schöner kann man es nicht treffen", sagte ich mir. Ich bezog mein Zimmer und machte mich auf, die Lage zu erkunden.

Ein herrlicher Strand, nur durch eine schmale Straße vom Hotel getrennt. Jetzt sah ich erst, wo ich gelandet war: an einer 400 Meter breiten Bucht, links und rechts von Bergen begrenzt, weit abseits der Hauptstraße. Blieb noch die Frage, wo sich die nächste Ortschaft befand.

An der Rezeption sagte man mir, dass Lindos, einer der ältesten Orte auf Rhodos, nur 4 km entfernt sei, allerdings müsste ich einen Pfad über den Berg nehmen. Das schmälerte meine Begeisterung ein wenig. Die Hauptstraße, auf der ein Bus fuhr, war ca. 1,5 km vom Hotel entfernt, aber es war keine Busstation in der Nähe. „Na fein, da muss ich mir wohl einen Leihwagen nehmen", dachte ich.

Ich ließ mir ein Taxi rufen, damit ich nach Lindos fahren konnte, um ein Auto zu mieten.

Mit dem Taxi war es natürlich ein Katzensprung bis zu dem bezaubernden Örtchen. Allmählich kehrte die Begeisterung zurück. Was für eine herrliche Gegend! Lindos präsentierte sich wie auf einer Postkarte. Weiß gestrichene Häuser, dichtgedrängt an einem Hügel, auf dem eine Akropolis thronte, zu Füßen das tiefblaue Meer.

In Lindos galt Autoverbot. Die engen Gassen und steilen Wege durfte man nur zu Fuß oder auf einem Esel erkunden. Also ließ mich der Taxifahrer an einem kleinen Platz vor der Stadt aussteigen. Sogleich empfing mich ein verzaubernder Duft nach Orangen und Zitronen.

Ich schlenderte durch die Altstadt, und bald entdeckte ich das Schild „Rent a Car". Ich suchte mir einen Kleinwagen aus und hinterlegte die Kaution dafür. Jetzt stand einer Erkundung der Insel nichts mehr im Wege.

Für heute hatte ich allerdings genug. Den Rest des Tages verbrachte ich am Strand vor dem Hotel und genoss die Ruhe.

Am nächsten Tag begann ich meine Entdeckungstour. Stück für Stück erkundete ich die herrliche Insel, speiste in kleinen Tavernen und lernte die Liebenswürdigkeit und Gastfreundlichkeit der Menschen kennen. Vermutlich wegen der Fußball-Weltmeisterschaft waren sehr wenige Touristen unterwegs, was mir nur recht war. Langsam nahte das Ende des Urlaubes, zwei Tage hatte ich noch.

Ein letztes Mal fuhr ich auf abenteuerlichen Straßen in die Berge.

In einem kleinen Ort mit einer Kirche, ein paar Häusern und einer Taverne machte ich Rast, um etwas zu trinken. Da bemerkte ich, wie eine Hochzeitsgesellschaft zur Kirche zog, es waren gut fünfzig bis sechzig Personen. Neugierig geworden, zahlte ich und ging ebenfalls zu der Kirche. Ich wollte unbedingt die Zeremonie miterleben und betrat die Kirche. Ich stellte mich gleich beim Eingang hinter der Festgesellschaft auf. Es war faszinierend, das alles zu beobachten, der Duft von Weihrauch und der warme Schein vieler Kerzen erzeugten eine Stimmung, welche mich etwas wehmütig an meine eigene Hochzeit denken ließ.

Natürlich blieb ich als Fremde nicht lange unbemerkt. Ich wurde neugierig gemustert. Besonders ein Mann fiel mir auf, der sich immer wieder nach mir umdrehte.

Den Auszug der Brautleute wollte ich unbedingt mit der Kamera festhalten. Ich verließ vorzeitig die Kirche, um mich vis-à-vis vom Eingang zu positionieren. Während die Hochzeitsgesellschaft an mir vorbei zog, löste sich ein Mann daraus und kam auf mich zu.

„Darf ich fragen, woher Sie kommen?", fragte er mich auf Englisch.

„Ich bin aus Österreich und mache hier Urlaub", erwiderte ich. „Ah, aus Österreich", sagte er gleich auf Deutsch. „Wo wohnen Sie hier auf Rhodos?"

„Im Hotel Marina bei Lindos", antwortete ich.

„Darf ich Sie zu unserer Hochzeit einladen? Ich bin Vasilis, der Vater der Braut", stellte er sich vor.

„Vielen Dank, gerne nehme ich Ihre Einladung an", antwortete ich. „Ich heiße Herta", ergänzte ich. Ich schloss mich den Hochzeitsgästen an, und wir kamen in ein typisches griechisches Bauernhaus, wo im Garten die Tafel aufgebaut war.

Ein Lamm drehte sich am Spieß, über einem zweiten Grill daneben rotierte ein Spanferkel, um schön knusprig zu werden. Der Hausherr stellte mich dem Brautpaar vor. Die Unterhaltung war etwas schwierig, manchmal musste Vasilis aushelfen, aber mit Händen und Füßen kamen wir zurecht, und sie verstanden meine Glückwünsche.

„Fühlen Sie sich wie zu Hause und genießen Sie das Fest", sagte Vasilis.

Nun, anfangs kam ich mir etwas verloren vor, machte aber alles, was die anderen auch taten. Ich lud mir einige der Köstlichkeiten auf einen Teller und suchte einen Platz an der Tafel.

Da fiel mir der Mann auf, der sich schon in der Kirche ab und zu nach mir umgedreht hatte. Etwas angegraute Haare und dunkle Augen, deren Blick mich faszinierte.

Langsam kam er auf mich zu und sagte etwas auf Griechisch. „Ich bin auf Urlaub hier, ich komme aus Österreich, und ich wurde freundlicherweise eingeladen", sagte ich, ohne viel Hoffnung, dass er mich verstand.

„Ich heiße Jorgos", sagte er fast ohne Akzent. „Sie sprechen Deutsch?", fragte ich erstaunt.

„Ich habe in Deutschland studiert", sagte er. „Wie heißen Sie?"

„Herta", stellte ich mich vor.

Jorgos wich nicht mehr von meiner Seite. Froh, jemanden getroffen zu haben, mit dem ich mich unterhalten konnte, begann ich, das Fest zu genießen. Die Gäste wurden immer ausgelassener, sie sangen und tanzten. Jorgos zog mich in seinen Bann, so höflich und zuvorkommend war schon lange kein Mann mehr zu mir gewesen. Ich musste überall mitmachen, und die Gedanken an die täglichen Sorgen und Streitereien daheim rückten immer weiter weg.

Ich vergaß alles, ich wollte einfach ich sein und nur genießen.

Ich bemerkte, wie mir der Wein zu Kopf stieg. „Ich muss zurück ins Hotel, es ist schon spät", sagte ich zu Jorgos.

Wie durch eine Nebelwand hörte ich seine Stimme.

„So kannst du nicht mehr fahren, ich bringe dich mit deinem Auto zurück zum Hotel."

Ich erwachte halb ausgezogen. Es war Morgen. Ich lag in meinem Bett. Mein Kopf hämmerte wie verrückt. Was war geschehen? Ich erinnerte mich nicht.

Mit Mühe kam ich auf die Füße. Es dauerte eine Weile, bis ich mich überhaupt zurechtfand. Ich war gestern mit dem Auto unterwegs gewesen, das wusste ich noch. Ein Blick aus dem Fenster – ja, das Auto stand da, wo ich immer parkte.

Ich suchte meine Tasche und die Autoschlüssel. Sie lagen auf dem Tisch. Auch Pass und Führerschein waren da, Gott sei Dank. Ich verwahrte sie separat in einem Etui. Aber die Geldbörse war weg.

Blitzartig war ich wach und nüchtern. Ich lief zum Auto hinunter, um zu sehen, ob ich die Börse nicht vielleicht fallen gelassen hatte. Nichts, im Auto sah ich sie nicht. Ich überlegte fieberhaft.

Was war gestern geschehen? In kleinen Bruchstücken kam die Erinnerung zurück.

Ich war in die Berge gefahren, man hatte mich zu einer Hochzeit eingeladen. Ich hatte einen Mann kennengelernt und einen wunderbaren Abend lang mit ihm gefeiert. War da mehr gewesen?

Aus, Filmriss, keine Ahnung, wie es weitergegangen war. „Herta, ganz ruhig", sagte ich mir. Zur Rezeption zu gehen und zu sagen, mir fehle Geld, erschien mir sinnlos. Ich wusste ja nicht einmal, wann und wie ich heimgekommen war.

Die würden nur die Polizei rufen – was sollte ich denn dort angeben?

Der Reisebetreuerin schildern, was passiert war? Nein, ehrlich, ich schämte mich auch für meine Dummheit. Irgendwie musste ich jedoch zu Geld kommen.

Die zusätzlichen Ausgaben im Hotel und das Mietauto waren morgen zu bezahlen. Sicher würde es weitere Ausgaben geben, immerhin blieben noch zwei Tage bis zur Abreise. Ich hatte nur Bargeld mitgenommen, und das war alles in der Geldbörse. Ich hatte weder Reiseschecks noch sonstige Zahlungsmittel.

Mich fröstelte. Der Urlaub war zu Ende. Erst einmal musste ich Zeit gewinnen. Von der Rezeption aus rief ich die Reisebetreuerin an und fragte sie, ob es möglich sei, den Heimflug zu verschieben.

Rhodos wurde zweimal in der Woche angeflogen. Sie würde sich erkundigen und zurückrufen, erklärte sie. Nach kurzer Zeit kam der Rückruf, dass ich drei Tage später fliegen könne. Sie würde vorbeikommen und sich das Ticket holen, sagte sie, ich solle am Tag der ursprünglichen Abreise am Flughafen sein und dort das neue Ticket abholen.

Nun konnte ich wenigstens in Ruhe überlegen. Ich musste Herbert anrufen. Es war nicht zu vermeiden, auch wenn mir flau im Magen wurde.

Wie würde er reagieren? Was sollte ich ihm überhaupt sagen? Aber es musste sein. Als ich die vertraute Stimme am Telefon hörte, war mir plötzlich klar, dass ich Herbert die Wahrheit sagen musste – na ja, vielleicht nicht die ganze.

„Ich werde drei Tage später zurückkommen, ich habe ein großes Problem. Ich habe kein Geld mehr. Erkundige dich bitte bei der Bank, wie ich hier schnellstens zu Geld komme." Nichts rührte sich.

„Herbert, hörst du mich?" – „Ja", sagte er zögernd. Und dann: „Wo bist du überhaupt?"

„Ich bin auf Rhodos im Hotel Marina, bei Lindos."

„Gib mir die Telefonnummer, ich rufe zurück", sagte er in einem barschen Ton.

Ich war trotzdem erleichtert, nicht mehr alleine mit meinem Problem zu sein.

Die Minuten dehnten sich zu Ewigkeiten, während ich auf seinen Anruf wartete.„Ein Anruf für Sie", rief die Dame von der Rezeption.

„Pass auf, ich komme morgen um 19 Uhr in Rhodos an. Hol mich vom Flughafen ab." „Was, wie ...?", stotterte ich. „Alles andere morgen. Tschüss", sagte Herbert und legte auf.

Ich war wie gelähmt. „Kommt da noch ein Problem auf mich zu?", dachte ich.

„Mein Mann kommt morgen", erklärte ich an der Rezeption. Mit einem unguten Gefühl fuhr ich am nächsten Tag zum Flughafen.

Mit weichen Knien stand ich in der Empfangshalle. Da kam Herbert. Ich winkte zögerlich, er schaute ziemlich mürrisch drein.

Er fragte: „Hast du ein Auto?"

Ich bejahte.

„Dann lass uns fahren. Ich bin hundemüde." Die ganze Strecke bis zum Hotel sagte er kein Wort. Meine Gedanken fuhren Ringelspiel. Da ich ein Doppelzimmer hatte, konnte ich Herbert bei mir unterbringen. Als er geduscht hatte und aus dem Fenster sah, staunte er, genau wie ich bei der Ankunft, über die herrliche Lage des Hotels.

Ich wartete ängstlich auf die Frage, wieso ich kein Geld mehr hätte, aber sie kam nicht. Nicht an diesem Tag, nicht an den nächsten. Er bat mich, mit ihm an den Strand zu gehen. Wir standen beide da, ohne ein Wort zu wechseln, und blickten auf das Meer. Plötzlich drehte er sich zu mir, nahm mich in die Arme und küsste mich. Ich war ganz verdattert.

„Herta, wir haben schon so lange keinen gemeinsamen Urlaub gehabt, lass uns eine Woche hier bleiben. Ich liebe dich, mein Schatz!"

Ich fiel aus allen Wolken. Hatte ich richtig gehört? Wie lange hatte er das nicht mehr gesagt! „Ich liebe dich auch", flüsterte ich ihm ins Ohr. Ich war noch immer etwas irritiert.

Herbert war begeistert von der Insel. Ich musste ihm all die schönen Plätze zeigen, die ich besucht hatte. Immer wieder betonte er, wie schön es früher gewesen war, als wir gemeinsam Urlaub machten. Auch meine Gedanken wanderten immer wieder zurück zur Erinnerung an diese schönen Zeiten ohne Streit und Zank.

Vor einem Parkplatz hoch über dem Meer bat er mich plötzlich anzuhalten. Er ließ mich fahren – „Du kennst dich hier ja besser aus", fand er, in Wahrheit fuhr er nicht gerne Auto und setzte sich nur ans Steuer, wenn es nicht anders ging.

„Ist dieser Ausblick nicht traumhaft schön?", meinte er.

„Ja", erwiderte ich.

Herbert schob den Sitz nach hinten, um besser aussteigen zu können. Dann sagte er erstaunt: „Was liegt denn da unten? Ist das nicht deine Geldbörse?"

„Das gibt es ja nicht", schrie ich auf. „Ich dachte, ich hätte sie irgendwo verloren oder sie wäre mir gestohlen worden." Überglücklich umarmte ich Herbert. Plötzlich fiel mir ein, dass ich ja auf dem Beifahrersitz gesessen war, als mich Jorgos zum Hotel brachte, da musste sie mir wohl hinuntergefallen und unter den Sitz gerutscht sein. Dort hatte ich in meiner Panik nicht nachgesehen.

Wie zwei junge Teenager schmusten wir auf einem Parkplatz in Griechenland hoch über dem Meer.

Vergessen waren die herumliegenden Socken, vergessen das Nörgeln beim Essen, das Sich-Anschweigen beim Frühstück, all die tausend Kleinigkeiten zuhause.

Mir war plötzlich klar, dass ganz andere Dinge wirklich wichtig waren im Leben.

Es waren die schönsten acht Tage seit langer Zeit.

Die Welt in der wir heute leben
und morgen wieder verlassen müssen

Wir haben sie nicht begriffen

Viele Quellen nähren den Fluss
meiner Tränen
bis zur Mündung in das Meer
meiner Gefühle für dich